티코와 황금 날개

Leo Lionni

TICO AND THE GOLDEN WINGS

Random House INC. USA 1964

Translated by KIM Young-Mu

© Benedict Press, Waegwan, Korea 1979

티코와 황금 날개

1979년 1월 초판 | 2007년 7월 11쇄

옮긴이 · 김영무 | 펴낸이 · 이형우

ⓒ 분도출판사

등록 · 1962년 5월 7일 라15호

718-806 경북 칠곡군 왜관읍 왜관리 134의 1

왜관 본사 · 전화 054-970-2400 · 팩스 054-971-0179

서울 지사 · 전화 02-2266-3605 · 팩스 02-2271-3605

www.bundobook.co.kr

ISBN 89-419-7192-6 04840

값 5,000원

티코와 황금 날개

레오 리오니 지음
김 영 무 옮김

분 도 출 판 사

지난 날 나의 친구였던
티코.
내 어깨 위에 앉아서
꽃과 고사리와
키 큰 나무들의
이야기를 들려 주곤 하던
한 마리 작은 새
티코.
어느 날 그 티코가
나에게 들려 준
저 자신에 관한
이야기.

왜 그랬는지
까닭은 알 수 없지만
어린 시절 나에겐
날개가 없었습니다.
다른 새들처럼 나도
노래를 부르거나
깡충깡충 뛸 수는 있었지만
날 수는 없었습니다.

다행히도 친구들은 날지 못하는 나를 사랑해 주었습니다.
이 나무에서 저 나무로 날아다니다가 저녁이 되면
높다란 가지에서 딴 잘 익은 열매와 또 딸기 같은 것들을
물어다 주었습니다.

"어째서 나는 다른 친구들처럼 날 수가 없을까? 어째서 나도
지붕들과 나뭇가지 위 푸른 하늘로 날아오를 수 없을까?"
혼자서 이런 물음을 던져 본 것도 한두 번이 아니었습니다.

어떤 때는 황금 날개를 찬란히 빛내며

눈 덮인 산맥을 아득히 굽어보며
힘차게 날아가는 꿈을 꾼 적도 있었습니다.

그러던 어느 여름 밤 나는 시끄러운 소리에 잠이 깨었습니다.
뒤돌아보니 진주알처럼 희뿌연 이상한 새가 서 있는 것이었습니다.
"내 이름은 소망의 새란다. 네 소망을 말하렴, 들어 줄 테니."

나는 꿈에 본 황금 날개 생각이 나서 황금 날개를 달아 달라고
졸랐습니다. 갑자기 하늘이 번쩍이면서 내 등에 날개가, 황금 날개가
달빛 속에 은은히 돋아났습니다. 소망의 새는 날아가 버렸습니다.

조심스럽게 날개를 움직여 보았습니다. 몸이 떠오르는 것이었습니다!
나는 가장 큰 나무보다 더 높이 날아올랐습니다. 저 아래 들판에는
꽃밭들이 마치 우표딱지처럼 여기저기 흩어져 있었고, 흐르는 강물은
풀밭에 떨어진 은빛 목걸이 같았습니다. 나는 행복감에 넘쳐서
하루 종일 날아다녔습니다.

그런데 나의 친구들은
내가 하늘에서 날아 내려오는 모습을 보고는
얼굴을 찌푸리며 언짢은 듯이
이렇게 말하는 것이었습니다.
"황금 날개를 가졌다고 잘난 체하는군!
우리들과는 **같지 않다** 이거지!"
그러고는 더 이상 말도 않고
모두 날아가 버렸습니다.

어째서 친구들이 가 버렸을까? 왜들 화가 났을까?
서로 같지 않다는 것은 **나쁜** 일일까?
나는 독수리처럼 높이높이 날 수 있는데.
나의 날개는 세상에서 제일 아름다운 날개인데.
어쨌든 내 친구들은 모두 가 버렸고
그래서 나는 몹시 외로웠습니다.

그러던 어느 날 나는
어떤 오두막집 앞에 앉아 있는
한 남자 어른을 보았습니다.
광주리 장수였습니다.
여기저기 광주리가 흩어져 있고,
그는 울고 있었습니다.
나는 가까운 가지로 옮겨 앉아
그에게 말을 걸었습니다.

"어째서 그렇게 슬피 우셔요?"
"아, 작은 새야, 우리 아이가
몸이 아픈데, 나는 너무 가난해서
병을 고칠 약을 살 수가 없구나."
'어떻게 아저씨를 도와 드릴까?'
나는 속으로 생각해 보았습니다.
문득 좋은 생각이 떠올랐습니다.
'황금 깃털을 하나 뽑아 드려야지.'

깃털을 받아 든 아저씨는 너무 기뻐서 어쩔 줄을 몰랐습니다.
"이렇게 고마울 수가 있나! 네가 우리 아이의 목숨을 건져 줬구나.
하지만 네 날개가 저런 꼴이 되었으니 어쩌지!"
황금 깃털을 뽑아 낸 자리에 새까만 깃털이 돋아나 있었습니다.
명주처럼 부드러운 진짜 깃털이었습니다.

그런 일이 있은 뒤부터 나는
황금 깃털을 하나씩 하나씩 나누어 주게 되었고
그럴 때마다 까만 깃털이 그 자리에 돋아났습니다.
황금 깃털은 좋은 일을 많이 했습니다.

돈이 없어 인형극을 못하는 극장 주인에겐
멋진 인형 세 개를 …

24

할머니에겐 목도리를 짤 물레를 …
바다에서 길을 잃은 어부에겐 나침반을 …

마지막 남은 황금 깃털을
어여쁜 처녀에게 주던 날
나는 먹물처럼 새까만 날개를 가진
새가 되어 있었습니다.

나는 친구들이 모여 밤을 보내곤 하던
큰 나무가 있는 곳으로 날아가 보았습니다.
친구들이 나를 반갑게 맞아 줄는지?

나를 본 친구들이
기쁨에 넘쳐 지저귀었습니다.
"너도 이제 우리와 같아졌구나."
우리는 몸들을 맞대고 옹기종기 앉았습니다.
하지만 나는 너무 기쁘고 가슴이 울렁거려서
잠이 오지 않았습니다. 황금 날개로 도와 준
사람들의 얼굴이 하나하나 떠올랐습니다.
광주리 장수의 아들, 할머니, 인형극장 주인 …
나는 속으로 생각했습니다.
'내 날개도 친구들처럼 새까맣지만,
나와 친구들이 똑같은 건 아니야.
우리는 모두 제각기 서로 다른 새들이지.
저마다 다른 기억들이 있고 또 저마다 다른
보이지 않는 황금빛 꿈들이 있지.'

Leo Lionni

TICO

and the golden wings

Many years ago
I knew a little bird
whose name was Tico.
He would sit on my shoulder
and tell me all about the flowers,
the ferns, and the tall trees.
Once Tico told me
this story about himself.

I don't know how it happened,
but when I was young I had no wings.
I sang like the other birds and I hopped like them,
but I couldn't fly.

Luckily my friends loved me.
They flew from tree to tree and in the evening
they brought me berries and tender fruits
gathered from the highest branches.

Often I asked myself,
"Why can't I fly like the other birds?
Why can't I, too, soar through the big blue sky
over villages and treetops?"

And I dreamt that I had golden wings,
strong enough to carry me
over the snowcapped mountains far away.

[11] One summer night I was awakened by a noise near by.
A strange bird, pale as a pearl,
was standing behind me.
"I am the wishingbird," he said.
"Make a wish and it will come true."
I remembered my dreams and with all my might
I wished I had a pair of golden wings.
Suddenly there was a flash of light
and on my back there were wings,
golden wings, shimmering in the moonlight.
The wishingbird had vanished.

[13] Cautiously I flapped my wings. And then I flew.
I flew higher than the tallest tree.
The flower patches below looked like
stamps scattered over the countryside and
the river like a silver necklace lying in the meadows.
I was happy and I flew well into the day.

[14] But when my friends saw me swoop down
from the sky, they frowned on me and said,
"You think you are better than we are,
don't you, with those golden wings.
You wanted to be *different*."
And off they flew without saying another word.

[16] Why had they gone? Why were they angry?
Was it *bad* to be different?
I could fly as high as the eagle.
Mine were the most beautiful wings in the world.
But my friends had left me and I was very lonely.

¹⁸ One day I saw a man sitting in front of a hut.
He was a basketmaker
and there were baskets all around him.
There were tears in his eyes.
I flew onto a branch
from where I could speak to him.
"Why are you sad?" I asked.
"Oh, little bird, my child is sick and I am poor.
I cannot buy the medicines
that would make him well."
"How can I help him?" I thought.
And suddenly I knew.
"I will give him one of my feathers."
²⁰ "How can I thank you!"
said the poor man happily.
"You have saved my child. But look! Your wing!"
Where the golden feather had been
there was a real black feather,
as soft as silk.

²² From that day, little by little,
I gave my golden feathers away
and black feathers appeared in their place.
I bought many presents:
three new puppets for a poor puppeteer . . .

²⁵ a spinning wheel
to spin the yarn for an old woman's shawl . . .

a compass
for a fisherman who got lost at sea . . .

[26] And when I had given my last golden feathers
to a beautiful bride,
my wings were as black as India ink.

[28] I flew to the big tree
where my friends gathered for the night.
Would they welcome me?

[31] They chirped with joy.
"Now you are just like us," they said.
We all huddled close together.
But I was so happy and excited
I couldn't sleep.
I remembered the basketmaker's son,
the old woman, the puppeteer,
and all the others I had helped
with my feathers.
"Now my wings are black," I thought,
"and yet I am not like my friends.
We are *all* different.
Each for his own memories,
and his own invisible golden dreams."